Wiil Waal
A Somali Folktale

RETOLD BY
Kathleen Moriarty

ILLUSTRATED BY
Amin Amir

Somali translation by Jamal Adam

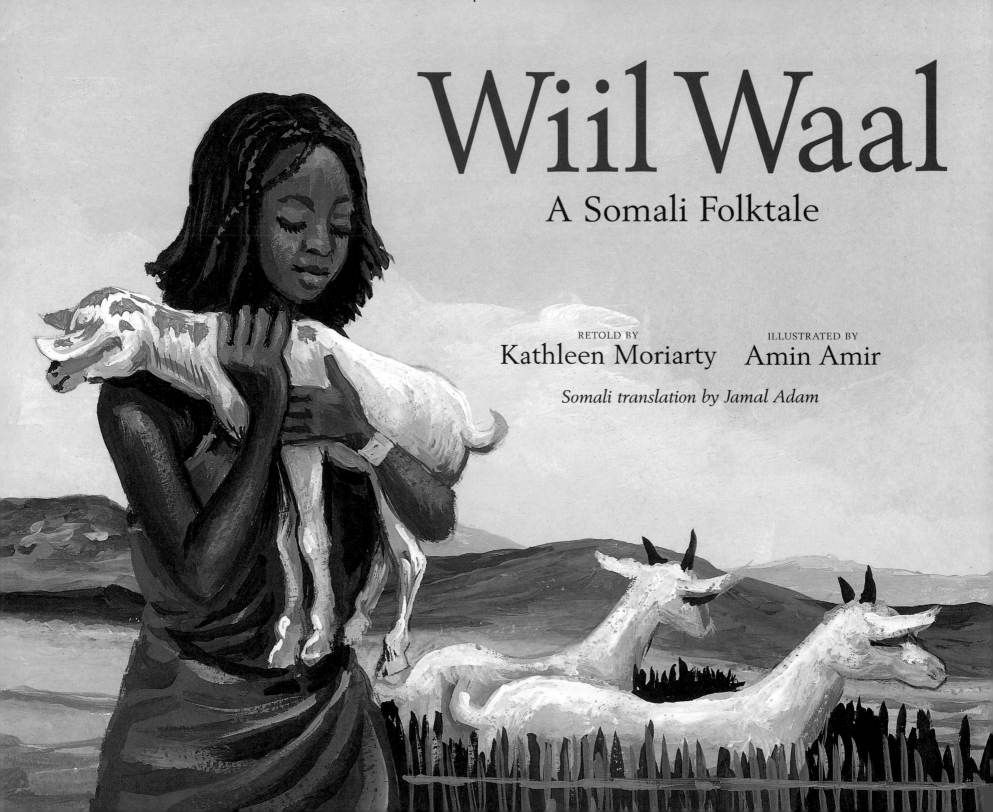

Wiil Waal
Text and illustrations copyright ©2007 by the Minnesota Humanities Center.

Minnesota Humanities Center / Somali Bilingual Book Project
987 Ivy Avenue East, Saint Paul, MN 55106
www.minnesotahumanities.org

Somali Bilingual Book Project Director: Kathleen Moriarty
Somali translation: Jamal Adam
Somali translation team: Yusuf Abdurahman, PICA Head Start; Said Ahmed, Minneapolis Public Schools; Marian Hassan; Zainab Hassan; Hassan Mohamud; and Ikran Mohamud, Saint Paul Public Schools.

The Minnesota Humanities Center would also like to thank: Fadumo Abdi, Abdisalam Adam, Nasra Aden, Ali Jimale Ahmed, Maryan Ali, Ibrahim Ayeh, Betsy Bowen, Kelly Dupre, Mohamed Hassan, Chris Heppermann, Abshir Isse, Ismid Khalif, Haweya Mahad, Mohamed Mohamud, Lynn Morasco, Julie Nelson, and Pat Thomas.

Book design and production: Two Spruce Design and Interface Graphics. The text is set in Berling. The illustrations are painted in gouache.

The Somali Bilingual Book Project is a component of the Minnesota Humanities Center's Bilingual and Heritage Language Programs. These programs develop families' English literacy skills while recognizing and supporting the role of families' home languages in early literacy development. Through these programs, MHC reaches out to K-6 teachers, parent educators, early childhood educators, librarians, social service providers, and other literacy professionals. Bilingual and Heritage Language programs: connect educators to existing resources that enhance language development; offer professional development on oral traditions and the connection between language and culture; and collaborate with community representatives to develop new culturally and linguistically appropriate resources. The Somali Bilingual Book Project initially includes publication of four traditional Somali folktales—*The Lion's Share, Dhegdheer, Wiil Waal,* and *The Travels of Igal Shidad*—in hardcover and paperback editions and a dual-language audio recording of all four stories.

Visit **www.minnesotahumanities.org** to download free online resources for use in educational settings.

Library of Congress Control Number: 2007928652

ISBN-10: 1-931016-16-x   ISBN-13: 978-1-931016-16-2 hardcover
ISBN-10: 1-931016-17-8   ISBN-13: 978-1-931016-17-9 softcover

1 3 5 7 9 10 8 6 4 2   First Edition

Printed in the United States of America. *Waxaa lagu daabacay United States of America.*

The Somali Bilingual Book Project is dedicated to all refugee children and their families. Many thanks to those who shared stories to make this project possible.

Mashruuca Buuggaga af-Soomaaliga ee labada-af ah, waxa loo hibeyey dhamaan carruurta qaxootiga ah oo dhan iyo qoysaskooda. Way ku mahadsan yihiin dadkii sheekooyinkooda noo soo bandhigay ee suurta galiyey hirgelinta mashruucan.

Author's Note

Long ago in East Africa, sultans ruled the land. In Somalia there are many stories told about a real sultan named Garad Farah Garad Hirsi. For a time in the mid-19th century he ruled a region of Somalia. It is common for Somalis to have a nickname or *naanays* in addition to a birth name. The sultan's nickname, Wiil Waal, suggested that he was a smart and brave man. It is said that Wiil Waal was a great leader, with the ability to unite people through the use of riddles, like the one shared in this story. He was a real man, but the stories told about him may or may not be real.

Do you think this tale is true?

Ereyga Qoraaga

Beri hore suldaamo ayaa ka talin jiray dhulka Bariga Afrika. Soomaalida gudaheeda, waxaa jira sheekooyin badan oo ku saabsan suldaan jiray oo la yiraahdo Garaad Faarax Garaad Xirsi. Waqti qarnigii 19-aad dhexdiisa ah ayuu xukumi jiray gobol ka tirsan gobolada Soomaaliyeed. Suldaankaan waxaa lagu naynaasi jiray Wiil Waal. Waa u caado Soomaalidu in ay yeeshaan magac dadku u yaqaan ama naanays, iyo magacii markii ay dhasheen loo bixiyay. Naanaysta, Wiil Waal, waxay sheegaysaa in uu caqli badnaa. Waxaa lagu qiyaasaa in uu ahaa hogaamiye aad u fiican oo lahaa awood uu dadka Soomaalida isugu keeno. Isaga oo isticmaalaya hal xiraalayaal ay ka mid tahay sheekada buugaan lagu sheegay. Wiil Waal wuxuu ahaa garaad jiray, waa hore, laakiin sheekooyinka laga sheego waxaa laga yaabaa in ay dhab yihiin ama aysan aheyn.

Ma waxay kula tahay in sheeko xariiradaani run tahay?

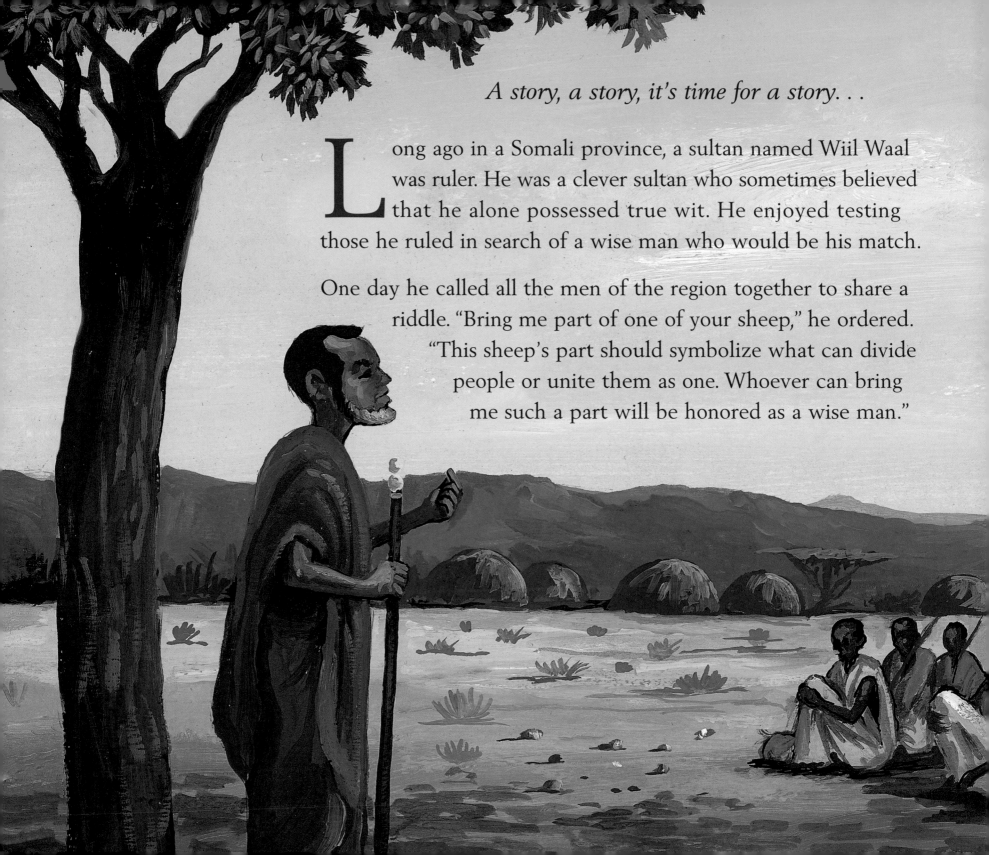

A story, a story, it's time for a story...

Long ago in a Somali province, a sultan named Wiil Waal was ruler. He was a clever sultan who sometimes believed that he alone possessed true wit. He enjoyed testing those he ruled in search of a wise man who would be his match.

One day he called all the men of the region together to share a riddle. "Bring me part of one of your sheep," he ordered. "This sheep's part should symbolize what can divide people or unite them as one. Whoever can bring me such a part will be honored as a wise man."

Sheekooy, sheeko, sheeko, xariira...

Beri hore waxaa gobol ka mid ah gobolada Soomaaliyeed, ka talin jiray suldaan la odhan jiray Wiil Waal. Wiil Waal wuxuu ahaa suldaan garasho dheer, mararka qaarkoodna aaminsanaa in uu yahay qofka degaankaa ugu xigmadda badan. Wiil Waal wuxuu aad u jeclaa in uu dadka garashadooda tijaabiyo, ogaadana inuu qof xigmaddiisa oo kale leh jiro.

Maalin maalmaha ka mid ah ayuu Wiil Waal raggii beeshiisa shir isugu yeeray, si uu u ogaado kan ugu caqliga badan. Wiil Waal intuu shirkii ka dhex istaagay ayuu wuxuu amray, "Barrito ii keena cad hilib ari ah. Cadkaasu wuxuu matalaa waxa rag walaaleeya iskuna dira. Qofkii cadkaa garta waxaa loo aqoonsan doona qof indheergarad ah."

The men turned to one another, asking, "Is there such a sheep part—a part that can show this?" Rubbing their chins in thought, the men set out to do as they were told. Each returned to his own house to slaughter his finest sheep. All hoped to solve the sultan's riddle. One man set aside a plump leg for the sultan. One man picked a shoulder. Another chose the liver.

Dadkii baa doodi ka dhex bilaabantay oo is weydiiyey, "War muxuu yahay cadkan, mase jiraa?" Meeshii ayaa lagu kala dareeray iyadoo qof walba la yaaban yahay cadkaan la sheegayo. Nin kasta qoyskiisii buu dib ugu laabtay si uu u qalo neefka arigiisa ugu buuran. Qof walba wuxuu si gooni ah uga fekerey waxaa furi kara xujada suldaanka. Ragbaa doortay in jeeni buuraan loo diyaariyo, midbaa codsaday in garab loo diyaariyo, mid kalaa beerka codsaday.

In this province lived one man who was very poor. He had far fewer livestock than his neighbors but believed his riches lay in the health and number of his children.

Waxaa raggaas la xujayey, ee ku noolaa saldanaddii Wiil Waal xukumayey, ka mid ahaa nin caydh ah. Ninkaasi aad buu uga xoolo yaraa deriskiisa, wuxuuse ahaa nin aaminsan in ilaah ugu nimceeyey carruur badan oo wan wanaagsan.

"Such a waste!" he thought as he prepared his largest sheep for slaughter. "To give away such fine meat to Wiil Waal, who surely has plenty to eat already."

"Aabe, what is the occasion for slaughtering our finest sheep?" asked his eldest daughter, who had come to help him.

"Alla maxaa xoolo lagu ciyaarayaa!" ayuu niyadda iska yiri markuu sabeentii arigiisa ugu buurnayd u soo waday meeshuu ku qali lahaa. "Ma Wiil Waal baa u baahan hilib, xoolihiisii horaaba ka bataye."

"Aabe, maxaa neefka u gowracaysaa?" ayay waydiisay gabadhiisii curadda ahayd.

Her father repeated the instructions
of Wiil Waal. Then he lifted up a rib
from the slaughtered sheep and said,
"I believe it must be this part." He
waited for his daughter's response.

The girl said nothing, squinting her
eyes at the rib as if searching for a
clue. Sighing, the man told his
daughter, "I do not know which
sheep's part will symbolize what the
sultan has requested, so this will
have to do."

Aabaheed wuxuu uga sheekayey amarkii Wiil Waal dadka siiyey. Intaas ka dib odaygii baa leggii neefka la qalay kor u qaaday oo yiri, "Waxay ila tahay in kani yahay cadkii la sheegayey," isagoo sugaya waxaay gabadhu ku jawaabto.

Gabadhii waxba may dhihin laakiin waxay ku dhaygagtay leggii, iyadoo aad moodo inay ka fakerayso sida leg u noqon karo cadka rag walaalaya iskuna dira. Odaygii baa isagoo wareersan gabadhii ku yiri, "Ma aqaan cadka suldaanku doonayo, laakiin kan ayey aniga ila tahay."

The girl took the rib from her father's hand. "Something that unites people or drives them apart. . . ?" she repeated. Then she handed the rib back to her father and, swiftly, she cut and pulled out the sheep's gullet. "Present this to Wiil Waal and you will be called the wise man," she said with a smile.

Her father was shocked. "The gullet!?" he cried. The part that connects the throat to the stomach? The gullet is always thrown away. How could his daughter suggest this?

Gabadhii baa leggii ka qaaday aabaheed ayadoo leh, "Wax rag walaaleeya iskuna dira?" Dabadeed leggii bay aabaheed u soo celisay. Arrintu markay halkaa marayso, ayay hal mar gooysay oo la boodday hungurigii sabeenta la qalay. Markaas ayey iyadoo dhoolacaddeynaysa aabaheed ku tiri, "U gee Wiil Waal cadkaan adaa noqon doona qofka dadka ugu caqliga badane."

Aabaheed baa argagaxay. "Ma hunguri!?" ayuu kor ugu qayliyey. Ma cadka cuntadu marto ee arkasta la tuuro? Sidee gabadhu ku keentay waxaan?"

"It will be an insult to the sultan! No one would ever eat the gullet! Certainly a rib is a more worthy offering."

"Trust me, father," his daughter said, "for as your daughter I have your good judgment."

The man eyed the pile of meat, which would now be for his family. "Yes," he agreed, "I will." And so the poor man put his faith in his daughter.

"Tani suldaanka ayey meel ka dhac ku tahay! Qof hunguri cunayaa ma jiro! Leggaaba dhaama," ayuu odaygii ku yiri gabadhii oo hungurigii kor u haysa.

"Aabe i aamin," bay tiri gabadhii, "gabadhaadii baan ahay oo adaan garashada dheer kaa raacaye."

Odaygii baa eegay hilbihii badnaa ee sabeenta ee qoyskiisa u haray. "Waa yahay," ayuu yiri, "waan kaa ogolaaday." Sidaas ayuu odaygii ku qaatay taladii gabadhiisa.

The next day a large crowd gathered in front of the sultan. Legs, shoulders, and organs—all the best parts of the fattest sheep—were piled high beside him. The poor man waited his turn. He stared nervously at all of the meat. He drew lines in the dirt with a stick as he waited. Finally it was his turn.

Maalintii balantu ahayd ayaa dadkii oo dhami isugu yimaadeen xaruntii suldaanka. Qof walba cadkii ugu buurnaa buu suldaanka soo hordhigay. Qof lug keena, mid garab keena, qofba cad buu shirkii la yimid. Odaygii baa fiiriyey hilbihii meesha la keenay isaga oo baqaya oo ushiisii dhulka ku xardhaya. Waxa uu sugaba odaygii. Waxaa la soo gaaray markuu cadkiisa suldaanka hor dhigi lahaa.

He stepped forward, closed his eyes, and reached
inside his bag. His hands trembled as he held up the
gullet. He listened for the crowd to cry out, "The
gullet? What an insult to give the sultan a gullet!"
But the crowd was silent. Wiil Waal was silent.

Intuu talaaba horey u qaaday, indhahana isku qabtay, ayuu gacanta galiyaya weelkii uu ku jiray cadkiisii. Hungurigii buu soo bixiyey isaga oo ay cabsi daraadeed gacmuhu gargariirayaan. Wuxuu filayey in dadka oo dhami ay ku qaylin doonaan iyagoo leh, "Hunguri?! War ninku suldaanka sharaftiisii buu meel kaga dhacay!" Laakiin dadkii way wada aamuseen. Wiil Waalna wuu aamusay.

The poor man could not stand the silence any longer. He opened his eyes and saw Wiil Waal smiling at him. "You are a wise man!" Wiil Waal declared. The poor man's mouth dropped open. A wise man? He stared wide-eyed at the gullet in his hand. The sultan saw the man's confusion and knew he had not made the choice himself. "Who told you to bring me this part of the sheep?" Wiil Waal asked.

"My eldest daughter. She is the clever one," the poor man replied.

Odaygii saboolka ahaa baa adkaysan waayey. Indhuhuu kala qaaday markaas ayuu arkay Wiil Waal oo dhoolacaddeynaya. "Nin caqli badan baa tahay!" ayuu Wiil Waal ku yiri odaygii. Odaygii ayaa filanwaa iyo af kala qaad qabsaday. Nin caqli badan? Ayuu yiri isagoo fiirinaya hungurigii. Suldaankii baa gartay jaha wareerka odayga haysta, ogaadayna in odaygu uusan cadkaan soo dooran ee qof kale kula taliyey. "Yaa kugu yiri cadkaan ii keen?" ayuu Wiil Waal weydiiyey.

"Gabadhayda curadda ah, waa mid caqli badan," buu odaygii ku jawaabay.

"Bring me to her!" Wiil Waal demanded. The poor man led the sultan to his home.

Standing before the sultan, the beautiful young girl stood tall, cast her eyes downward, and spoke in a quiet yet clear voice.

"Ii gee iyada," ayuu Wiil Waal odaygii ku yiri. Odaygii baa Wiil Waal gurigiisii u waday.

Gabadhii da'da yarayd ee quruxda badnayd baa iyada oo qumaati suldaanka u hortaagan, hoosna fiirinaysa cod degan ku tiri.

"I had my father bring you a sheep's gullet because it is truly a symbol of what unites or divides us. There are those in this world who have much and those who have little. When people do not share, they become enemies. But when they share with one another they can live in peace. The gullet delivers shared food to a hungry stomach. When no food is shared it is empty. It can be a symbol of greed or of generosity. Greed or generosity, in turn, divide people or unite them."

Wiil Waal nodded his head. He placed his hand on the girl's shoulder and pronounced, "I have found my 'wise man' in this young girl. May she someday rule the land!"

"Anaa aabahay kula taliyey inuu hunguriga sabeenta kuu keeno, sababta oo ah waa cadkii aad doonaysay. Adduunka waxaa jira dad maal badan haysta iyo kuwo sabool ah. Markii aysan dadku wax isa siin, cadow bay isku noqdaan oo damac baa isku dira. Laakiin marka uu dadku wax wada cuno, nabad bay ku wada noolaadaan. Hungurigu, waa cadkii aysoo maraysay cuntadii la wada cunay ama laysu diiday. Hungurigu waa cad muujinaya bakhaylnimo ama deeqsinimo labadaba. Waa cadka rag isku dira ama walaaleeya."

Wiil Waal baa madaxa ruxay. Gacantiisii buu gabadha garabkeeda saaray, isagoo leh "Waa gabadhaan yar 'qofkii' dadka beesheena ugu caqliga badnaa. Waxaaba laga yaabaa in ay maalin suldaamad idiin noqoto!"

And one day, it was so.

Maalin ayey run noqotay.

THE SOMALI BILINGUAL BOOK PROJECT reflects the Minnesota Humanities Center's commitment to promote and preserve heritage languages and increase English literacy skills of refugee and immigrant families. This collaborative project initially includes the publication of four bilingual children's books for shared reading and a dual-language audio recording. A portion of proceeds from sales of the books will support ongoing projects of the Minnesota Humanities Center's Bilingual and Heritage Language Programs.

KATHLEEN MORIARTY has worked with a variety of language and literacy programs in the U.S. and overseas. She lives in Minneapolis, Minnesota with her son and serves as Director of Bilingual and Heritage Language Programs at the Minnesota Humanities Center. This is her first picture book for children.

AMIN AMIR is an established political cartoonist and artist. Born in Somalia, he currently lives in Edmonton, Alberta, Canada. His art has appeared in two collections of Somali folktales: *Sheekoyinka Dadqalatadii Dhegdheer* and *Sheekoginkii Cigaal Shidad*. This is his first bilingual children's picture book.

JAMAL ADAM is originally from Somalia. An academic advisor and cultural consultant, he currently lives in Minneapolis, Minnesota. His work focuses on intercultural communication, higher education and working with ethnically diverse clients, customers, and students.

Somalia